GUÍA DE LECTURA

Escrita por Fabienne Gheysens
Traducida por Tamara Montes Blanco

Las preciosas ridículas

de Molière

Entiende fácilmente la literatura con

ResumenExpress.com

www.resumenexpress.com

MOLIÈRE

DRAMATURGO, COMEDIANTE Y DIRECTOR DE COMPAÑÍA DE TEATRO FRANCÉS

- **Nacido en 1622 en París (Francia)**
- **Fallecido en 1673 en la misma ciudad**
- **Algunas de sus obras:**
  - *Don Juan* (1665), comedia
  - *El avaro* (1668), comedia
  - *El burgués gentilhombre* (1670), comedia ballet

Molière, cuyo auténtico nombre es Jean-Baptiste Poquelin, nació en París en 1622 entre la burguesía acomodada. Hombre polifacético, escribe, dirige, lleva una compañía de teatro y actúa. Muy pronto toma el camino del teatro y funda, junto a la comediante Madeleine Béjart, la compañía del Ilustre Teatro. Tras doce años viajando por provincias para ofrecer obras de teatro, vuelve a París, donde Luis XIV se fija en él y lo pone a su servicio.

Escribe principalmente comedias en las que, con el pretexto de hacer reír, saca a relucir los defectos de sus contemporáneos (el preciosismo, la pedantería, la avaricia, etc.) y critica la sociedad del siglo XVII (los padres autoritarios, los falsos devotos, los médicos charlatanes, etc.). Sus numerosas obras ejercen aún en la actualidad una influencia considerable y convierten a Molière en uno de los autores más importantes del clasicismo.

Muere en París en 1673.

LAS PRECIOSAS RIDÍCULAS

CUANDO MOLIÈRE ARREMETE CONTRA LOS DESCARRÍOS DEL PRECIOSISMO

- **Género:** comedia
- **Edición de referencia:** Molière. 2000. *Las preciosas ridículas*. Traducido y adaptado por Carlos Bolaños. Alicante: Biblioteca Virtual Miguel de Cervantes
- **Primera edición:** 1659
- **Temáticas:** preciosismo, literatura, ambiente mundano, saber, pedantería, sátira

Las preciosas ridículas, comedia en prosa en un acto, se representó en París por primera vez en 1659. Es el primer gran éxito de la compañía de Molière después de los años pasados en provincias. Esta obra, bastante corta, se representaba tras una tragedia —y además gustaba mucho más al público que la tragedia en cuestión—. Esta farsa social critica los descarríos de un movimiento intelectual y mundano, el preciosismo, a través de dos preciosas que se dejan engañar por los pretendientes a los que rechazan y seducir por sus sirvientes.

RESUMEN

PREFACIO

Aunque no aparece en la edición de referencia consultada para realizar esta guía de lectura, algunas ediciones incluyen un prefacio redactado, según Molière, deprisa y corriendo. En él, se burla de las costumbres de los demás autores de teatro: se niega a denigrar con falsa modestia *Las preciosas ridículas*, una obra que ha agradado al público, y finge estar triste porque no ha tenido tiempo de escribir una dedicatoria que concierna a un personaje importante o comentarios pomposos sobre su obra.

ESCENA I

Los señores La Grange y Du Croisy van a pedir la mano a dos jóvenes que los rechazan con la excusa de que no son suficientemente románticos. Entonces, estos deciden vengarse por medio de sus sirvientes.

ESCENA II

La Grange y Du Croisy se despiden de Gorgibus, padre de Madelón y tío de Cathos, las dos señoritas que los han rechazado.

ESCENA III

Gorgibus envía a la sirvienta Marotte a buscar a las dos jóvenes, que se están maquillando. El hombre se queja del dinero que estas gastan en productos de belleza.

ESCENA IV

El hombre se queja del dinero que estas gastan en productos de belleza

ESCENA V

Llegan Madelón, la hija de Gorgibus, y Cathos, su sobrina. Le explican a Gorgibus, que está sorprendido de que hayan rechazado una petición de mano, que ellas tienen ciertas exigencias: es necesario que un hombre las corteje durante mucho tiempo y como es debido, y además quieren esposos con los que vivan aventuras novelescas. La Grange y Du Croisy no conocían el mapa de la Ternura (mapa dibujado por la señorita Scudéry y situado en la novela *Clelia, historia romana*, que representa los diversos caminos del amor) y no vestían a la última moda. A continuación, le piden Gorgibus que las llame por de otro modo. Gorgibus no entiende ni una palabra de lo que dicen y se marcha, no sin antes lanzarles un ultimátum: o boda o convento.

ESCENA VI

Cathos y Madelón se preguntan si no encontrarán algún día una familia más ilustre que Gorgibus, demasiado burgués para su gusto.

ESCENA VII

Marotte anuncia a sus señoras que un marqués viene a

visitarlas. La sirvienta no entiende ni una palabra de lo que dicen las preciosas.

ESCENA VIII

El marqués de Mascarilla llega al salón en su litera. Se niega a pagar a los portadores hasta que estos lo amenazan con golpearlo.

ESCENA IX

Marotte anuncia la llegada de sus amas.

ESCENA X

Cathos, Madelón y Mascarilla conversan según las reglas de la alta sociedad. Tras un intercambio de cumplidos, se sientan y hablan de las ventajas de París en relación con la provincia de donde vienen Madelón y Cathos. Están de acuerdo en que tienen que recibir en su casa a los autores de moda y mantenerse al corriente de las novedades literarias. Mascarilla prosigue recitando y después convirtiendo en canción uno de sus propios poemas. Madelón y Cathos están maravilladas. Mascarilla las invita al teatro y hace que admiren cada centímetro de sus vestimentas. Después, la conversación vuelve a caer en los cumplidos corteses y las dos preciosas prácticamente se disputan los favores del marqués.

ESCENA XI

Marotte anuncia la llegada del vizconde de Jodelet, el mejor amigo de Mascarilla.

ESCENA XII

Mascarilla y Jodelet fingen que se conocieron en la guerra y quieren mostrarles sus cicatrices a las dos jóvenes. Se hace llamar a los vecinos para un baile improvisado.

ESCENA XIII

Todo el mundo baila.

ESCENA XIV

La Grange y Du Croisy llegan, golpean a Mascarilla y a Jodelet y después se van sin dar explicaciones.

ESCENA XV

Mascarilla y Jodelet declaran que los dos hombres que se acaban de ir son simplemente amigos.

ESCENA XVI

La Grange y Du Croisy vuelven para desnudar a Mascarilla y a Jodelet, que en realidad son sus lacayos.

ESCENA XVII

Se los dejan desnudos a las preciosas, humilladas, que los rechazan. Los músicos contratados para el baile están preocupados de que no se les vaya a pagar.

ESCENA XVIII

Gorgibus se enfada con su sobrina y su hija, que, por su orgullo, han humillado a la familia. Mascarilla y Jodelet son expulsados.

ESCENA IX

Gorgibus pega a los músicos y no les paga, además expulsa a las dos preciosas. Maldice la literatura romántica que las ha pervertido.

ESTUDIO DE LOS PERSONAJES

MADELÓN Y CATHOS

Son las dos preciosas. Hija y sobrina de Gorgibus respectivamente, pertenecen a la burguesía de provincias. Cuando llegan a París, solo sueñan con ser aceptadas en los salones de la alta sociedad y la aristocracia. Calcan sus expectativas amorosas de las novelas de la señorita de Scudéry (mujer de letras francesa, 1607-1701) y profesan un profundo desprecio hacia quienes no pertenecen a la alta sociedad. El problema es que se dejan llevar por las apariencias con facilidad y rechazan a sus pretendientes, auténticos nobles, por unos sirvientes que fingen ser galanes.

Su manera de hablar es tan evocadora que resulta incomprensible y sus juicios artísticos son muy poco fiables. Como Molière se burlaba de la forma de hablar tan afectada de las preciosas y de sus contoneos al andar, las actrices que interpretasen a estas dos señoritas debían hacer reír con su lánguida dicción y su forma de caminar. Además, sus nombres son diminutivos de los de dos comediantes (Madeleine Béjart, 1618-1672, y Catherine Leclerc, 1630-1706), pero también podemos relacionarlos con los nombres de dos célebres preciosas, Madeleine de Scudéry y Catherine de Rambouillet (1588-1665). Van muy maquilladas y visten con todo tipo de ornamentos.

MASCARILLA Y JODELET

Son dos sirvientes que se hacen pasar por un marqués y

un vizconde respectivamente. El personaje de Mascarilla (nombre de sirviente en las farsas) era representado por Molière, que llevaba una máscara. Por otro lado, Jodelet era encarnado por el actor Julien Bedeau, apodado Jodelet (1590-1660), especializado en hacer de sirviente, papel que siempre interpretaba con la cara enharinada.

Son tan ridículos como las preciosas, pero resulta difícil saber hasta qué punto son conscientes de ello: por un lado, sus señores les han pedido interpretar un papel, pero también se menciona que Mascarilla realmente tiene la pretensión de ser un ilustrado y que se cree superior al resto de sirvientes. Tienen la misión de humillar a las preciosas, pero realmente les gustaría ser hombres de mundo. Por lo tanto, son tan pretenciosos como las preciosas. Visten con ropa ridícula y calzan unos inmensos tacones, además llevan plumas y cintas por todas partes, lo que hace difícil bailar con comodidad.

LA GRANGE Y DU CROISY

Son los pretendientes de Madelón y Cathos, a las que humillan para castigarlas por su descortesía. Ordenan a sus sirvientes que se hagan pasar por nobles a fin de mostrar a todo el mundo cuán crédulas son las preciosas provincianas. Representan la auténtica nobleza (de nacimiento) y la auténtica galantería (por su forma de hablar, refinada sin ser incomprensible), el punto medio entre la pretensión y la vulgaridad.

Padre y tío de Madelón y Cathos respectivamente, pretende casarlas con los señores La Grange y Du Croisy. Su nombre y su carácter son habituales en la farsa: se trata del padre terco y colérico que quiere imponer un matrimonio a sus hijas y del burgués prosaico (reduce todo al dinero). Aquí sirve de contraste con las preciosas, cuyas aspiraciones y lenguaje se le escapan totalmente. La sirvienta Marotte tiene la misma función.

CLAVES DE LECTURA

EL PRECIOSISMO

Para esta obra que hará que todo París se fije en él, Molière elige criticar una moda de la época: el preciosismo. Esta moda, cuya época dorada se sitúa entre 1650 y 1660, tiene sus orígenes en un gran movimiento de la primera mitad del siglo XVII, el Barroco, y se inspira en la novela de Honoré d'Urfé (1567-1625), *La Astrea*. Esta novela río, escrita entre 1607 y 1625, describe la historia de amor entre los pastores Astrea y Celadón, que sirve de excusa para explorar todas las formas de amor. El marinismo en Italia y el gongorismo en España son movimientos similares.

¿SABÍA QUE...? EL BARROCO

El Barroco es una corriente artística nacida en Italia a finales del siglo XVI y que se manifiesta por toda Europa en los ámbitos de la literatura, la escultura, la pintura, etc.

Su estilo se considera extravagante, en absoluta oposición con las reglas vigentes en el clasicismo.

El preciosismo se practica sobre todo en los salones, primero aristocráticos y luego burgueses. Se caracteriza por una búsqueda de la pureza de la lengua y de los sentimientos, a salvo del mundo rudo y guerrero de la primera mitad del siglo XVII.

Entre los representantes literarios del movimiento, citamos a Madeleine de Scudéry —cuyas dos novelas, *El Artámenes o el Gran Ciro* y *Clelia, historia romana* (en la que encontramos el mapa de la Ternura, representación del recorrido amoroso) describen de hecho a los preciosistas de la época— y Vincent Voiture (1597-1648) —el huésped más célebre del hotel de Rambouillet, que destacaba con facilidad en todos los géneros poéticos a la moda: rondeles, madrigales, impromptus, enigmas, etc.—. Encontramos el preciosismo en todos los géneros, poesía o prosa, y más tarde servirá de inspiración para la literatura psicológica.

Las principales características de la conversación preciosista en los salones son:

- el uso de metáforas;
- el culto al amor;
- el gusto por los debates;
- la imaginación desbordante.

Se ha acusado a los preciosistas de corromper la lengua y se han criticado sus maneras demasiado afectadas y su rechazo al amor carnal.

Sin embargo, no hay que olvidar el aspecto social del movimiento, indisociable de los salones. Además, el preciosismo, en tanto que fenómeno principalmente parisino, marca la supremacía de la capital sobre la provincia. Finalmente, tiene el mérito de hacer honor a la mujer y a su educación, llegando incluso a poner en tela de juicio el principio del matrimonio concertado. Los salones de los preciosistas son un mundo en el que reinan los valores femeninos y donde se persigue una larga lucha por el fin de la esclavitud de las mujeres (además, en un principio, «preciosa» significaba «mujer de gran precio», lo cual reivindica su valor).

Pero este aspecto «feminista» en realidad no está presente en la obra de Molière: Cathos y Madelón, sin honestidad, ven el amor más bien como un ritual mundano calcado de la literatura. Su aversión hacia el matrimonio parece el de unas puritanas, que temen dormir contra «un hombre totalmente desnudo» (Molière 2000, escena V). En resumen, esto no tiene nada que ver con ninguna voluntad de elegir al hombre que va a compartir su vida con ellas.

Molière pertenece más bien a la estética naciente del clasicismo. En oposición al Barroco, esta estética exalta el orden, el equilibrio y, al contrario que las novelas río, destaca más bien en géneros concisos como la fábula, el cuento o las cartas. También es la edad de oro del teatro. Se quiere reflexionar sobre este género (como demuestra la moda de los prefacios explicativos de los que se burla Molière en el de *Las preciosas ridículas*), que está sistematizado: en lo sucesivo, habrá que seguir la regla de las tres unidades (unidades de tiempo, de acción y de lugar), así como las de verosimilitud y decoro. Puesto que el preciosismo no las respeta en absoluto, Molière se hace eco de las críticas de su época.

Además de un cambio estético, la época de Luis XIV aporta una nueva sociabilidad: la aristocracia ya no está en los salones, sino en la corte del rey. Entonces, el preciosismo cae naturalmente en el olvido.

UNA FARSA

Aunque Molière haya escrito comedias respetando las reglas del clasicismo, en cinco actos y en verso, *Las preciosas ridículas* pertenecen a una tradición mucho más antigua: la de la farsa. Este tipo de obra cómica que apareció en la Edad Media pone en escena a personajes ridículos implicados en diversos engaños. No necesita muchos medios y saca sus temas de la vida cotidiana.

En *Las preciosas ridículas* encontramos:

* el tema del engaño. Se trata de la trama de la obra, ya que La Grange y Du Croisy quieren jugársela a las preciosas para vengarse de ellas;
* la abundancia de los juegos de palabras. Muchas frases tienen un doble sentido cuando sabemos quiénes son realmente Mascarilla y Jodelet. Por ejemplo, «gentes de servicio» puede designar tanto al oficial a servicio del rey como al sirviente al servicio de su amo (Molière 2000, escena X);

- los disfraces. Los sirvientes se disfrazan de gentilhombres, las preciosas y los sirvientes llevan trajes extravagantes;
- la presencia de personajes más típicos que detallados tales como los sirvientes y el padre colérico;
- la comicidad visual provocada por la interpretación de los actores, a la que Molière concede especial importancia al ser él mismo un comediante.

La longitud de la obra también es la de una farsa: no está destinada a ser representada sola, sino como complemento de una obra trágica.

El objetivo de Molière era el de hacer reír a un público amplio ofreciendo una crítica de los descarríos de la moda de la élite. Además, acababa de pasar quince años en provincias, donde la farsa aún tenía mucho éxito. Después de esta obra, se dio cuenta de que su talento se manifestaba más en la comedia que en la tragedia.

El texto por sí mismo no ofrece toda la dimensión de comicidad farsesca de la obra. Es necesario imaginar a Mascarilla entrando en un salón burgués sobre una litera; a Jodelet obligando a las preciosas a que palpen sus cicatrices; las torpes danzas en el baile improvisado, ya que todo el mundo viste adornos ridículos que limitan los movimientos; todas las escenas de palizas; el desnudamiento final y el movimiento de Jodelet hacia las preciosas, que retroceden asustadas, y, por último, la forma de andar y la pronunciación de las preciosas. Con el paso de los siglos, los comediantes han podido improvisar gestos para otorgarle al texto una comicidad más inmediata.

Sin embargo, aunque *Las preciosas ridículas* se sitúa en la continuidad de la farsa, su tema completamente contemporáneo y anclado en París acerca la obra a la comedia costumbrista (comedia en la que se denuncian los defectos de una época, de una clase social o de un grupo). Molière no ve ninguna contradicción en utilizar diferentes tipos de comicidad, de la más mordaz a la más grosera. Ante sus detractores, afirmará que lo importante es satisfacer al público y que es bueno divertir y educar al mismo tiempo.

LA COMICIDAD LINGÜÍSTICA

La comicidad de la obra viene en parte de la manera particular que tienen de hablar Cathos y Madelón. Observamos este recurso en:

- adjetivos sustantivados (ejemplo: «tomar en serio la benevolencia de vuestra lisonja», Molière 2000, escena X);
- términos vagos y abstractos (ejemplo: «conducta irregular», Molière 2000, escena V, para designar la conversación de La Grange y Du Croisy);
- hipérboles (ejemplo: «Está a más de dos mil leguas de ello», Molière 2000, escena X);
- adjetivos y adverbios intensificadores (en especial «furiosamente», como en «[o]s confieso que me desvivo furiosamente por los retratos», Molière 2000, escena X);
- metáforas («comodidades para la conversación», Molière 2000, escena X, para designar a los sillones);
- exclamaciones, muy necesarias para los preciosistas, que querían mostrar cuánto les afectaba la conversación (la lectura del poema de Mascarilla contiene unas cuantas,

por ejemplo: «¡Oh, oh! No estaba atento», Molière 2000, escena X).

Por sí solos, estos elementos no resultan especialmente cómicos, pero si se acumulan, acaban por hacer que el lenguaje de las preciosas sea ridículo. Esto se acentúa cuando conversan con Gorgibus o con Marotte, quienes tienen, en contraposición, un lenguaje prosaico y casi vulgar. Asimismo, estos no siempre comprenden las metáforas de las preciosas. Por otra parte, es en esas metáforas donde observamos que Cathos y Madelón no siempre llegan al refinamiento esperado. Al igual que Mascarilla y Jodelet, tienen tendencia a estirar la metáfora hasta lo absurdo (en la escena X, Cathos le propone a Mascarilla que se siente en «este sillón que os tiende los brazos» y después insiste diciéndole: «satisfaced un tanto el deseo que tiene de abrazaros», lo que hace que la imagen se vuelve ridícula) y, a pesar de su voluntad de elevarse, todos recaen en el lenguaje corporal (por ejemplo, el corazón destrozado es una imagen más sangrante que poética, escena X).

Insistamos en el hecho de que, a pesar de las críticas de las que es objeto el preciosismo, todo el siglo XVII quiere renovar la lengua. Las metáforas y otras figuras literarias son asimismo empleadas sin vergüenza alguna por Corneille, Molière y Racine. La búsqueda de la belleza es una tendencia general de la época. La exageración en la afectación es lo que recibe las burlas bajo el nombre de preciosismo.

MOLIÈRE Y LA EDUCACIÓN DE LAS MUJERES

Aunque las maneras de las preciosas siguen haciendo reír

aún en la actualidad, el rechazo a un matrimonio concertado por Gorgibus *a priori* no resulta chocante para una mente del siglo XXI. Pero, bajo el reinado de Luis XIV, los matrimonios concertados eran aún algo corriente: en efecto, las jóvenes de ese siglo se casaban según las ambiciones sociales de sus padres, cuando no las enviaban al convento para proteger la herencia del/de la primogénito/a. Algunos pensaban que su educación era inútil, ya que su única vocación era obedecer a sus maridos. Sin embargo, ya había en esa época, voces que se alzaban contra el matrimonio concertado. Por consiguiente, ¿podemos culpar a las preciosas por rebelarse contra este hecho consumado?

La posición de Molière puede parecer ambigua: en *La escuela de las mujeres* (1662), se burla de Arnolphe, que no quiere que su pupila reciba educación para hacer de ella una mujer dócil y, por lo tanto, es partidario del amor elegido y de la educación de las mujeres; en comparación a esto, la comicidad de *Las preciosas ridículas* y de *Las mujeres sabias* (1672) recae en personajes femeninos educados y ávidos de lectura.

Hay que comprender que Molière se burla sobre todo de la pretensión y no de la educación. Es bueno que una mujer sea educada; pero no debe querer ostentar la superioridad de su mente, ya que entonces su inteligencia ya no parece natural, sino artificial, lo que es contrario a la estética aristocrática. Por poner un ejemplo, las *Máximas* (1664) de La Rochefoucauld (escritor francés, 1613-1680) están construidas con minuciosidad, pero hechas para ser pro-feridas negligentemente en la conversación, sin llamar la atención, como hace Mascarilla con su poema endeble y banal. Se busca imitar la naturaleza y no esconderla bajo el maquillaje. Las preciosas son ridículas no porque deseen un matrimonio por amor en lugar de un matrimonio concertado, sino porque quieren renegar del amor carnal y natural haciéndose pasar por espíritus puros.

LA LECCIÓN DE LA OBRA

Aquí es donde la obra abandona la comedia de circunstancias para acercarse a la crítica del comportamiento humano. De cara a los nobles y a las preciosas, aprendemos la lección de la humildad y vemos hasta qué punto renegar de los orígenes no sirve para nada. Hay mil alusiones que devuelven a Mascarilla y a Jodelet a su condición de sirvientes (como el doble sentido en los términos «gentes de servicio», escena XII, que pueden designar a sirvientes o a guerreros), y Cathos y Madelón, a pesar de que denigran el prosaísmo de Gorgibus, terminan hablando de dinero y reduciendo el preciosismo del arte a llevar calcetines a la moda (escena X). Uno cae en el ridículo cuando quiere parecer más distinguido de lo que realmente es.

Asimismo, la desventura de las preciosas (que no aprenden la lección ellas mismas) invita al discernimiento: no basta con vestir a la última moda ni con proclamarse poeta para ser realmente hombre de espíritu, y las personas que caen en el juego de las apariencias y se dejan llevar por estas acaban humilladas por su falta de juicio. Como no comprenden el auténtico preciosismo y tan solo reconocen de este las señales visibles (algo que se puede observar en su falta de juicio literario: se embelesan con un poema ridículo y medio plagiado, y solo la posibilidad de estar a la moda las lleva a querer frecuentar a los autores), caen en la trampa.

PISTAS PARA LA REFLEXIÓN

ALGUNAS PREGUNTAS PARA PROFUNDIZAR EN SU REFLEXIÓN...

- Compare la obra con *Las mujeres sabias.*
- ¿Qué puede decir de los personajes? ¿Qué diferencia hay entre Trissotin y Mascarilla y entre las preciosas y Armanda? Y, por el contrario, ¿qué tienen en común?
- ¿Qué recursos cómicos se utilizan en ambas obras?
- ¿Qué diferencias resultan de la longitud y de la versificación de *Las mujeres sabias?*
- ¿Qué visión del amor y del matrimonio desarrollan respectivamente Madelón y Gorgibus?
- Comente la actitud de las preciosas y de los falsos nobles hacia los criados. ¿Qué revela esta actitud sobre su carácter?
- En su opinión, con Mascarilla y Jodelet, ¿nos reímos más bien de cómo se la juegan a las preciosas o nos burlamos de su pretensión igual que de la de las señoritas?
- Comente la última frase de Mascarilla: «Vamos, camarada; vamos a buscar fortuna a otra parte; bien veo que aquí no se ama más que la vana apariencia, y que no se considera nada a la virtud totalmente desnuda» (escena XVIII).
- Compare el lenguaje de La Grange y de Du Croisy con el de las preciosas. ¿Encontramos similitudes? ¿Cuáles son las diferencias?
- En su opinión, ¿esta crítica al preciosismo sigue siendo actual?
- En su opinión, ¿Molière es un feminista adelantado a su

tiempo? Justifique su respuesta.

¡Su opinión nos interesa!
¡Deje un comentario en la página web de su librería en línea,
y comparta sus favoritos en las redes sociales!

PARA IR MÁS ALLÁ

EDICIÓN DE REFERENCIA

- Molière. 2000. *Las preciosas ridículas*. Traducido por Carlos Bolaños. Alicante: Biblioteca Virtual Miguel de Cervantes.

ESTUDIOS DE REFERENCIA

- Gaillard, Pol. 1978. Les Précieuses ridicules *et* Les Femmes savantes. París: Hatier, colección *Profil d'une œuvre*.
- Garagnon, Jean. 1998. Les Précieuses ridicules *et* George Dandin. París: Nathan, colección *Balises*.
- Narteau, Carole e Irène Nouailhac. 2009. *Littérature française, le XVIIe siècle*. París: Librio.

EN RESUMENEXPRESS.COM

- Guía de lectura de *Anfitrión* de Molière.
- Guía de lectura de *Don Juan* de Molière.
- Guía de lectura de *El avaro* de Molière.
- Guía de lectura de *El enfermo imaginario* de Molière.
- Guía de lectura de *Tartufo* de Molière.

ResumenExpress.com

© **ResumenExpress.com, 2016. Todos los derechos reservados.**

www.resumenexpress.com

ISBN ebook: 9782806283863

ISBN papel: 9782806290410

Depósito legal: D/2016/12603/810

Cubierta: © Primento

Libro realizado por Primento*, el socio digital de los editores*